퀸, 위 아 더 챔피언

# Queen

## WE ARE THE CHAMPIONS

다리오 모키아, 투오노 페티나토 저

김지연 역

a9press

I'VE PAID MY DUES
TIME AFTER TIME
I'VE DONE MY SENTENCE
BUT COMMITTED NO CRIME

AND BAD MISTAKES
I'VE MADE A FEW
I'VE HAD MY SHARE
OF SAND KICKED IN MY FACE
BUT I'VE COME THROUGH


WE ARE THE CHAMPIONS, MY FRIENDS
AND WE'LL KEEP ON FIGHTING 'TIL THE END
WE ARE THE CHAMPIONS
WE ARE THE CHAMPIONS
NO TIME FOR LOSERS
'CAUSE WE ARE THE CHAMPIONS
OF THE WORLD

딩딩

동동

동

WE ARE THE CHAMPIONS

# 잔 지 바 르

ZANZIBAR

딩
딩!

딩딩
동동
동

OOOOMMMM

첫 번째는
돈을 벌기 위해서,
두 번째는
쇼를 위해서!

세 번째는
고 캣 고*를 부르기
위해서지!

*고 캣 고(Go Cat Go): 칼 퍼킨스가 1996년에서 발표한 앨범 명

나의
파란 스웨이드
신발 위로

올라오지
않으실래요.

펑!

# 헥틱스 밴드
## the HECTICS

시험 결과

F. 불사라: 낙제

통과
통과
낙제
통과
낙제
통과

아, 내 친구가 나오는 영국 철도의 역사나 보면서 집에나 있을 걸 그랬어.

하지만 늘 이렇게 디스코텍에 와서는 이 혼란스러운 곳에 홀로 남겨진단 말이야.

♪ 바모스 아 바일라르!! ♪

시끄러운 노래를 계속해서 틀자!

맙소사!

♪ 에스따 비다 누에바아아! ♪

좀 더 특별한 노래를 틀면 좋겠는데!

아니야, 됐어. 택시나 불러야겠다.

♪ I WANT TO BREAK FREE ♪

아, 그런데 이건!

퀸이잖아!

비행기 소리도 성가시지만, 더 힘든 것은 언제든 날아갈 수 있을 것만 같은 이 환상이야!

어이 록 스타, 뭐하고 있는 거야? 그렇게 느려서 되겠어?

하하하!

이봐, 우리 중에 록 스타가 있다고!

하하하, 스타라!

그렇게 말한 것을 후회하게 될 거예요! 내 목표는 마가린이나 포장하는 것이 아니라고!

괜찮아, 파로크? 나는 네가 정말 유명해질 거라고 믿어.

나는 유명해지려는 것이 아니야! 나는 전설이 될 거라고!

# 팀 스타펠과 스마일 밴드
## TiM STAFFELL & SMILE

안녕하세요. 우리는 스마일 밴드입니다!

예에!

우후!

이봐, 브라이언.
불사라가 또 와서 우리를 귀찮게 해.

저돌적이고 열광적인 스타일이야.

밴드 광이라니까!

너 정말 대단하구나! 오늘도 역시 멋졌어.
나 너희 밴드 공연은 모조리 다 봤어!

아, 고마워, 고마워.

그런데 말이야!

나를 위한 자리를 하나
마련해주면 더 좋을 것 같은데!

메리 ♥ 오스틴

너에게 여자 한 명을 소개할까 해.

아, 진짜?

어떤 여잔데?

아, 공연장에 항상 오는 여자야!

밴드를 좋아하는 나의 팬이기도 하고.

몇 번 만나봤는데 내 스타일은 아니야.

그리고 엄청 멋진 옷가게를 하고 있어.

뭐 어쨌든, 너무 긴장할 필요는 없고.

비바 패션 & 코스튬

바로 여기야.

안녕, 메리!

어떻게 지내고 있어?

여긴 친구라고 할 수 있는, 프레디라고 해.

공연 의상을 좀 보러왔어. 입을 만한 게 있나 해서

SALES

프레디... 이 번쩍거리는 바지는 어때? ...음...프레디?

오, 맙소사...

SALES

 첫 번째 퀸의 앨범은 1972년에 녹음되었고, 이듬해에 발표를 할 수 있었지.

예술가였던 프레디는 앨범 커버를 직접 디자인했어.

앨범 듣기
Queen [Remastered 2011]

1972년에 발매된 퀸의 2집 앨범은
좀 더 발전된 판타지 테마를 담으면서
더욱 복합적인 색깔을 띤 앨범이었어!

오케스트라의 향연! 어두운 퀸!
메탈계의 이정표 격이라고 말할 수 있었지!

앨범 듣기
Queen II [2011 Remaster]

# 노먼 셰필드
## NORMAN SHEFFIELD

쇼 비즈니스 세계에서 살아남기에
너희들은 너무 순진해!

이곳은 아주 무자비하고
잔혹한 곳이야. 너희들을 거부하고
갉아먹게 될 거란 말이지!

나쁜 사람들이
얼마나 많은 곳인데!

너희들을 보호해줄 매니저가 필요할 거야!

이를테면
나 같은 사람 말이지!

나를 믿어봐, 친구들!
곧 세계적인 스타가 되어
나에게 고마워하게 될 거야.

내가 돈으로 다 해결해줄게!
아주 많은 돈으로!

좋아!

브라보!

월드 투어!
거금을 투자하는 계약서! 대부호만이
누릴 수 있는 새로운 인생!

와우!

그저 몇 파운드만 빚졌다고
생각하면 된다 이거야.

와아아아아!

*당연히 일본어로 말했음

1974년에 발매된 앨범 [Sheer Heart Attack]은 퀸의 앨범 중 가장 진취적이고 대담한 앨범이었어!

퀸은 큰 성공을 거두었지만 사기꾼 매니저의 노예가 되어 그 어떤 보상도 받지 못해 여전히 가난했지. 그들은 상상 속에서라도 뻔뻔하고 거침없기를 바랐는지도 몰라.

앨범 듣기
Sheer Heart Attack [2011 Remaster]

믿을 수가 없어.

바보야.

나는 완전 바보야.

우리가 얼마나 오랜 시간을 함께했는데?
누구에게도 말할 수 없는
비밀을 어떻게 하라는 거야?

화내지마, 메리.

네 잘못이
아니야.

내가 동성애자라니,
나 역시도 충격적이란 말이야.

더 이상 말하지 말라니까!

나를 떠나도 좋아. 그 동안에도 항상 나는 외로웠어. 이제 너는 네가 무엇을 원하는지 확실히 알게 되었네.

쉽게 말하지 마, 메리. 나는 아직도 나에 대해서, 내 본능에 대해서 잘 모르겠단 말이야.

오, 정말 끝내자, 이제!

메리...

왜, 왜 그래 대체!

너 정말 대단하다! 도대체 내가 얼마나 더 큰 상처를 입기를 바라는 거야!

친구로 남으면 되잖아!

이봐, 친구들, 그 'Bohemian Rhapsody'라는 곡 말이야, 아주 독특하고 흥미로운 멜로디더라고.

그런데 문제가 있어. 너무 길어서 라디오에서 틀어줄 수가 없나봐.

농담하는 거지? 그 곡은 역대 최고의 걸작이란 말이야!

정말이지 기념비적인 작업물이라고! 혁명과도 같은 곡이야!

세 개의 녹음실을 썼고!

180번을 녹음했고!

그야말로 최고의 작품이라니까!

그냥 그렇게 묻혀버릴 곡이라면 그렇게 애쓰지도 않았어! 그 곡은 멀리 퍼져 음악의 역사를 바꿀 곡이야.

정 그렇다면 라디오용으로 짧은 버전을 하나 더 만들어야 해.

싫어!

탕!

무조건 완전한 곡 전체로 들어야 되는 곡이야!

맙소사!

1975년, 퀸은 믿을 만한 매니저를 찾고 있었어.
엘튼 존은 그들에게 존 리드를 소개해주었지.

리드와 프레디는 처음부터 서로를 알아보았어.
그들의 관계는 1978년까지 지속되었지.

나는 동성애자야.

알고 있어, 달링!

문제가 될까?

나도 동성애자야.

프레디는 자유롭고 노골적이며 비난에도
당당한 성격이었지만, 그의 성 정체성만은
밴드에게도 가족에게도 말하지 않았어.

그는 가족에게
죄를 짓고 있다는 생각에
괴로워했지. 가족은
전통을 매우 중요시하는
보수적인 조로아스터교
신자들이었으니까.

1975년의 어느 날 밤 프레디는
오페라 공연을 보러갔어.

바로 그날 밤 오페라에서 영감을 받아
장엄하고, 대담하고, 화려하고
잘 구성된 퀸의 걸작 [A Night
At The Opera]가 탄생하게 되었어.

앨범 듣기
A Night At The Opera [2011 Remaster]

*보드빌: 노래와 춤을 섞은 풍자적인 곡 또는 극
*딕시랜드: 재즈 음악의 일종

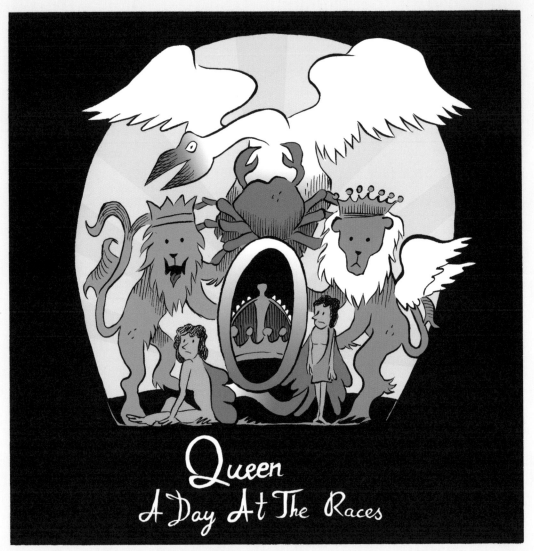

# Queen
## A Day At The Races

[A Day At The Races]
앨범은 1976년에
발매되었어. 밴드는 이 앨범이
[A Night At The Opera]의
쌍둥이 격인
앨범이라고 했지.

앨범 듣기
A Day At The Races [2011 Remaster]

아니야, 형제들, 이게 아니야.

뭔가가 부족해, 뭔가가 빠져 있다고!

뭐가 문제야, 프레디? 우리는 너무나도 아름다운 곡을 만들고 있는데.

아름다운 곡만으로는 이제 부족해!

좀 더 대단하고 웅장한 쇼를 기획해야만 해!

또 시작이군!

상업적인 노래도 바보 같은 노래도 이만큼 들려줬으면 됐어!

모두가 함께 즐기는 쇼가 필요하다고!

비평가들이 또 진부한 스타일이라고 떠들어댈 거야! 새로운 것을 만들어야 해!

대형 합창단이 함께 부르는 것과 같은 노래를 만들자!

관객들이 참여하는 그런 노래!
손뼉을 치고 발을 구르는,
심장이 함께 뛰는 그런 곡!

폴짝
폴짝

우리의 팬은 아주 신바람난
음악의 폭군들이 될 거야!

프레디,
도대체 무슨 소리를
하는 거야?

우리는 그들의 심장을 흔들어야 해!
그리고 우리는 그렇게 만들 거야!

WE WILL WE
WILL ROCK YOU!

오! 나쁘지 않은데!

# 시드 비셔스
## SID VICIOUS

신이시여, 퀸을 구제하소서!
극우주의들입니다!

이봐, 프레디! 발레와 같은 공연을 너의 관중들에게 보여주겠다고 했다지?

하하하하

너는 시도조차 못하잖아, 시드? 니는 진정한 문화 전파자라고!

헛소리!

잘 들어, 프레디 너의 그 쓸데없는 발레 타령을 싹 지워버릴 새로운 움직임이 있을 거란 말이야!

그래서 그게 도대체 뭔데? 아무 능력도 없는 네가 관객들에게 인기를 구걸하는 그런 거?

펑크를 그대로 좀 내버려둬!

팡 팡!

가사도 존중해달란 말이야!

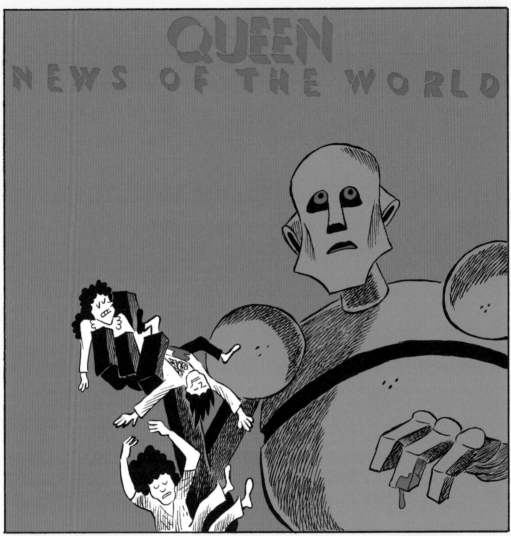

저 조합! 저 이미지가 어떤 앨범의
커버인지 잘 알지?

알지, 알지!

[News Of The World]
앨범은 1977년에
발매되었지.

앨범 듣기
News of The World [2011 Remaster]

무대 효과는 엄청난 반향을 일으켰고 그야말로 대성공이었어! 역설적으로 앨범 자체는 건조하고 가벼운 느낌에 대부분이 펑크 음악이었지.

'We Are The Champions'는 딱 프레디 스타일이라고 할 만한 곡이었어. 삶의 노고와 장애물, 패배 속에서 살아남게 만드는 완고한 고집과 결단을 담은 곡이지.

'We Will Rock You'는 암울하고 폭력적인 환경에서 자란 아이가 삶을 되찾고 불운에 저항하는 내용을 담은 곡이야.

팽!

퀸에게는 또 다른 도약의 기회이자 완벽한 타이밍이었어. 그들은 로저 테일러의 시골집에서 눈으로 덮인 정원을 바라보며 조용히 그리고 은밀하게 녹음을 했지.

퀸은 여러 나라에서
작업을 했어.
정말로 순수하게
그들의 음악과 예술이
제대로 완성되기를
바라면서 말이야.

영국에서는 대부분의
수입을 세금으로 가져가버렸어!

# 몽트뢰
## MONTREUX,
### 첫 번째 목적지는 바로 스위스

프레디는 단번에
스위스와 사랑에
빠지게 되었어.

여기에 있으니 너무 편안해.

종종 와야겠어,
꼭 집에 온 것처럼 너무 좋아.

그리고
로이 토마스 베이커
(Roy Thomas Baker)가
그들의 프로듀서가
되었어.

로이 T. 베이커

> [Jazz] 녹음은 프랑스에서
> 이루어지게 되었어.

# 알프스의 아름다운 마을
## ALPES

마을의 한 녹음실에서
또 한번 은밀하게
진행되었지.

> 그들이 그곳에 머무는 동안, 내 어시스턴트도
> 뜨르 드 프랑스* 응원을 하러 갔었대!

*뜨르 드 프랑스(Tour de France): 프랑스에서 열리는 세계적으로 유명한 자전거 대회

> 프레디와 브라이언도 이에 영감을 받아,
> 앨범에서 가장 유명한 곡 중 두 곡을 완성할 수 있었어.

자전거!
자전거!

엉덩이가
빵빵한 여자들!

앨범 듣기
Jazz [2011 Remaster]

저기 저 행복해 보이는
사람들 좀 봐
정말 즐거워보이잖아.

잘 모르겠어, 존,
새로운 방법을 찾고 싶어.

저들을 느껴봐!
우리도 저런 것을 시도해야 해!

오 예!

하지만 달링, 확실히 새로운 영역이어야 해!

세상이 너무 좁다고 느껴지면,
피부색이라도 바꾸어야 한다니까!

아니, 나는 그 마초스러운 헤어스타일에
콧수염부터 이해가 안 되는데!

지금 농담하는 거지?

이건 카스트로 스타일이라고!

샌프란시스코가
미치게 사랑하는 스타일이지!

나는 자극적인 파티와 문란한 유흥에 빠졌어!

자유의 땅, 자유의 여신상이 있는 곳에서!

1983

운전사는 나를 리무진에 태워 뉴욕의 거리를 누비게 해주고.

동부에 있는 게이 클럽에 내려주었지.

SAINT

HOW DOES IT

FEEL TO TREAT ME LIKE YOU DO ♪

나에게 투어는 파티의 연속이야! 즐겨, 즐겨!

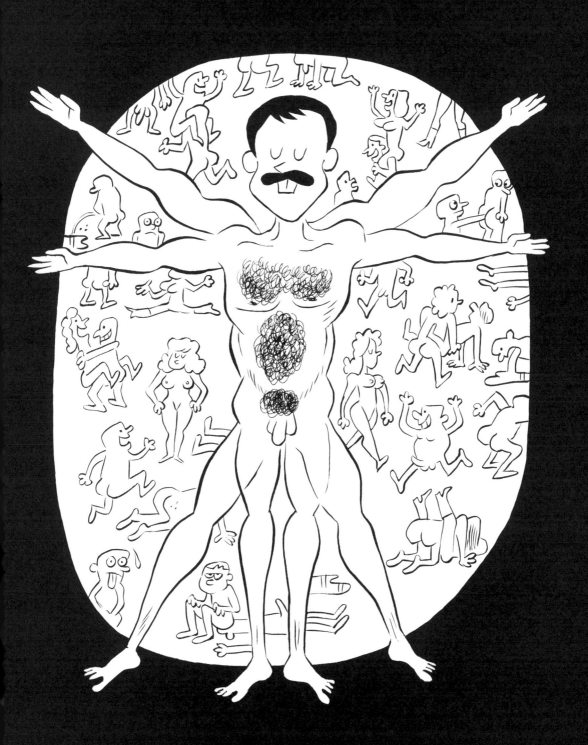

1979년에 발매된 [The Game] 앨범은 퀸에게
고비와도 같은 시기에 만들어진 것이었어.
비판을 두려워했던 그들은 사운드를 단순하게 바꾸었지.

새로운 패션과 음악적 영감이 담기기 시작했어.
모든 멤버들이 달가워하지는 않았지만 말이야.

앨범 듣기
The Game [2011 Remaster]

플래시고든 오리지널 사운드트랙 앨범

플래시고든!

아하!

♪ 우주의 구세주! ♪

앨범 듣기
Flash Gordon (Remastered)

플래시고든.
디노 드 로렌티스.
마이크 호지스, 1908년!

대단한 영화였지!

완전 웃긴, B급 캐릭터들의 향연이었지!

맞아, 알렉스 레이몬드
(Alex Raymond) 만화가
원작이었지.

막스 폰 시도우는
사악한 명나라 황제 역

티모시 달튼은
바린 왕자 역,
로빈 후드와 같은
캐릭터

그리고 또

사막의 매
건다르

축구 선수
플래시 고든

클리투스
(다스 베이더와
같은 역할)

오로라 공주

그리고
대단한 영어 실력의
칼라

오픈 파이어르!!
(Open Fire!)

투 브링흐 박흐 히스 보디!
(To Bring Back His Body!)

1982년에 발매된 [Hot Space] 앨범은 퀸의 앨범 중 역대 최고로 논쟁의 대상이 된 것이었어.

나 역시 CD 플레이어로 들으면서 'Under Pressure'는 그냥 넘겨버리기도 했는데.

앨범 듣기
Hot Space [2011 Remaster]

*바닐라 아이스(Vanilla Ice): 미국의 래퍼, 최고 히트곡인 'Ice Ice Baby'가 퀸의 'Under Pressure'를
무단 샘플링한 것으로 알려져 수익 대부분을 퀸에게 넘겼던 사례가 있었음.

가든 로지 저택
GARDEN·LODGE

켄싱턴에 큰 저택을 샀는데

완전 일본 스타일로 꾸몄어.

기모노를 입고 나만의 집에서
빈둥거리는 게 제일 좋아.

일본에서의 성공 이후로
일본 문화에 깊이 빠지게 되었거든.

이제 그만 현실을 받아들여, 프레디
[Hot Space]는 실패했다고!

상업적으로 완전히 망할 거라고 했잖아!

말도 안 돼! 앞서갔을 뿐이라고!

관중들이 아직 준비가 안 되었잖아!
왜 블랙 뮤직을 해야 하지? 거기다 펑크까지?

난 좋은데.

어쩌면 단순하고 전통적인 록으로 다시
돌아가는 게 좋을지도 몰라,
그리고 사실 그게 우리가 제일 잘하는 거잖아.

내 말이!

이번엔 화려하고 과장된 장식이나
번쩍거리는 것들은 다 빼자!

아, 시끄러!

불평, 불만!

완전 겁쟁이야, 너희는!

QUEEN　THE WORKS

1984년, [Hot Space]의 실패 이후로
휴식기를 가졌던 퀸은 다시 모여 안정적이고
단순한 곡을 만들었어, 다수의 싱글도 발표했지.

그들이 고민한 흔적이 역력하고,
다시 힘을 합쳤다는 느낌이 강했어.

아, 그랬어?

앨범 듣기
The Works [2011 Remaster]

'Radio Ga-Ga'라는 곡으로 퀸 특유의 무대와 SF적인 느낌이 되살아났어.

미래주의적인 판타지는 프리츠 랑(Fritz Lang)의 [메트로폴리스]라는 영화에서 영감을 받았고

프레디는 모로더(Moroder)가 프로듀싱한 버전으로 노래를 불렀어.

기이하고 과장된 의상은 그대로였지만 말이야.

'I Want To Break Free'는 주부들이 소리치는 말이 되었어.

그들은 필사적으로 슬픈 운명에 대해 외쳤지.

청소 깨끗하게 했다니까, 어?

오늘도 우리의 왕께서는
녹음실에 행차하지도 않으시네!

궁전에서 휴식을 취하며 그 멍청한
일본 잉어들과 놀고 싶으신가봐?

당연하겠지! 프레디에게
반대하지 않는 유일한 존재니까!

이제 퀸은 더 이상은 힘들어.

나 역시 솔로 음반을 녹음하고 싶어.

무슨 말이야, 브라이언. 마치 네가
우리보다 훨씬 낫다고 생각하는 것 같다?

솔로 음반이라니, 그건 내가 할 말이지!
한번 지켜보라고!

내 앨범이 너희들 것보다
훨씬 더 좋을 걸!

아, 그래?

너의 그 지루한
연주도 없으니까 말이야.

내 연주는 입에 담지도 마!

자동차에
대한 사랑 노래라니!

오, 제발!

중독치료실
장례식장
방사선실

불사라입니다.

안내

검사 결과지예요.
잘 읽어보세요.

딩딩
동동
둥둥

holidays

오, 돌아오셨군요.
머큐리 씨!

오랜만이야, 프레디!
한동안 안 보이더라! 별일 없는 거지?

응! 괜찮아.

이제 다시 연주를 들어봐도 될까?

이제 나의 벗들에게 말을 해야 할 것 같은데

출구

녹음실

여기, 브라이언, 네가 좋아하는 거품 우유가 조금 들어간 라테야!

오! 정말 고맙다, 프레디! 그걸 기억하고 있다니!

네가 좋아하는 건 내가 다 알지, 브라이언.

그래?

뭐... 그래, 프레디!

로저!

두둥두둥 둥둥둥

차에 설탕을 넣어 먹던가?

이 어색한 친절은 뭐지?

내 말이, 완전 이상해!

불안해, 뭔가 있어!

투어 갈 짐은 다 쌌어?

짐이 많아서 추가 비용을 내려고.

엄청난 짐이야!

도대체 뭘 그렇게 가져가는 거야!

방에 다 들어가지도 않겠다!

열 개만 골라 넣어!

작은 상자 좀 가져와!

라디오 출입증!

사진 촬영 의상!

매니저!

홍보 파티 준비물!

판촉물!

솔로 앨범은 제발 빼줄래?

내 짐을 네 가방에 좀 넣어도 되나?

저기, 친구들...

나 좀 쉬고 싶어.

좀 오래 쉬고 싶어.

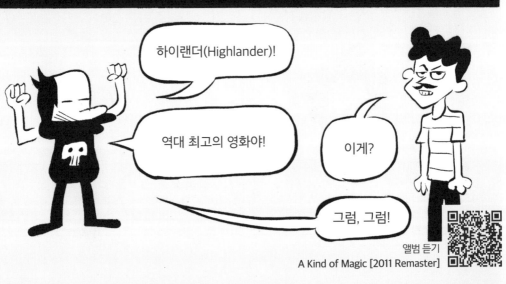

앨범 듣기
A Kind of Magic [2011 Remaster]

몽세라
카바예
MONTSERRAT CABALLÉ

중요한 사실을 하나 알려줄까 하는데 말이야.

다만, 다시는 이 사실에 대해 언급하지 않는다고 약속해줘.

나 에이즈에 걸렸어.

시간이 얼마 남지 않았다고 하더군.

오케이!

이제 다시 녹음을 시작해 볼까?

이 병에 걸려서 좋아진 것이 하나 있다면, 그것은 바로 인생에서 우선적으로 해야 할 일이 무엇인지에 대해 생각할 수 있는 기회를 내게 주었다는 거야.

나는 이 시간을 나의 팀, 우리 멤버들과 잘 지내면서, 그리고 너희를 보살피면서 보내고 싶어!

이 마음을 더 이상은 혼자 견디고 싶지 않아!

브라이언! 그동안 우리가 얼마나 싸웠지! 하지만 너의 솔로 연주가 없는 퀸은 단 한 번도 상상해본 적이 없어!

그동안 내가 상처 줘서 미안해, 로저!

나의 형제여! 나를 안아줘! 너는 친동생이나 다름없어!

그리고 존!

머리 새로 했어? 마음에는 들고?

치료를 위해선 약을 먹어야 해.
그렇지만 이 치료는 날 파멸시키고 있어.
이 병에 항복할 만한 이유는 많아.
하지만 난 굴복하지 않을 거야.
무대를 떠나기 전에 해야 할 일들이 있어.

할 수 있는 한 모든 곡을 노래할 거야! 살아있는 동안 끝까지!

한 곡 다음 또 한 곡, 앨범 다음 또 앨범, 쉬지 않을 거야!

이번 거 좋았어! 그 다음 트랙으로 넘어가자!

준비됐어, 프레디!

♪ IT'S A MIRACLE WE NEED

멈출 생각이 없어 보이지?

시간은 빠르게 흘러가고 있어, 내가 견딜 수 있는 최고의 방법은 노래야!

I WANT IT ALL!

I WANT IT ALL ♪

I WANT IT ALL!

AND I WANT IT NOW!

이 노래들은 TV에서도 들을 수 있도록 해줘, 브라이언, 알겠지?

내가 세상을 떠나고나서 말이야.

아!

쿵쿵 탁탁 쿵쿵 탁탁

[Innuendo]와 [Made In Heaven]
앨범은 한 번에 녹음을
끝내버린 앨범으로 유명하지!

앨범 듣기
The Miracle [2011 Remaster]

QUEEN

INNUENDO

[Innuendo] 앨범은 1991년에 발매되었어. 수록된 묘한 분위기의 노래는 새로운 보헤미안 랩소디였지.

서둘러, 친구! 이제 거의 다 왔어!

어흑 흑흑!

앨범 듣기
Innuendo [2011 Remaster]

1995년, 브라이언, 로저, 그리고
존은 [Made In Heaven]을 발표했어.
프레디의 사후 앨범이었지.

세 친구는 프레디가 죽기 전에 만들었던
미완성곡을 포함해 이 앨범을 만들었어. 사실상
프레디의 유작이라고 볼 수 있는 앨범이었지.

앨범 듣기
Made In Heaven [2011 Remaster]

스위스에서 이 정도로 유명했다면 고향에서도 뭔가 있었을 거 아니야.

아니, 그렇지 않았어.

잔지바르에서 동성애는 절대 용납할 수 없는 수치스러운 것이거든.

알잖아, 보수적인 조로아스터교!

요즘 종교와 별반 다를 게 없구먼, 뭐!

알겠어, 알겠어!

또 뛸 거야?

오케이!

이번엔 기차 어때?

나의 부모님, 삼촌들,
그리고 선생님, 또 나를 언제나
믿어주는 나의 모든
친구들에게 고마움을 전합니다.

내 최고의 친구들에게 감사의 말을 전하며,
1991년부터 퀸의 모든 앨범을 함께 모아온
피에트로 갈루치에게도 진심으로 고맙다는 말을 전합니다.
몇 년 후에 이 책을 계속 구입하게 만들어서
미안하다는 말도 함께 전하며.

이 책을 위해 많은 조언을 해준 음악 역사 전문가
세르지오 알 고치노에게도 고마움을 전합니다.

1판 1쇄 인쇄  2019년 03월 10일
1판 1쇄 발행  2019년 03월 15일

저자          다리오 모키아, 투오노 페티나토
역자          김지연
편집          윤혜자
디자인        박지선
영업          이예림
출력인쇄      도담프린팅

발행인        손호성
펴낸곳        A9Press

등록          제 300-2017-124호

주소          서울시 종로구 송월길 99
전화          070.7535.2958
팩스          0505.220.2958
e-mail        atmark@argo9.com
Home page    http://www.argo9.com

ISBN          979-11-5895-141-2 03840